LA CAPITALE DES GAULES, OU LA NOUVELLE BABILONE.

SECONDE PARTIE.

Parcere personis, dicere de vitiis. Mart.

A BAGDAT.

1759.

LA CAPITALE DES GAULES,

OU

LA NOUVELLE BABILONE.

VOICI le cas de m'écrier avec le Corrège : *ſono pittore anche io.* Je ſuis peintre auſſi-bien que les autres, puiſque l'on m'inſulte, & qu'au-lieu de relever mes erreurs par une critique judicieuſe & ſage, on ne vomit contre moi que des injures & des groſſieretés. J'avois bien prévû, avant de publier mes réflexions ſur les déſordres de Paris, que la liberté de mon pinceau déplairoit à pluſieurs de mes lecteurs, précisément parce que la Vérité tient un miroir où les hommes ſe voyent trop au naturel; & qu'ils s'accommodent mieux du menſonge. Mais il ne me ſeroit jamais tombé dans l'eſprit, qu'un homme éclairé des lumieres de la foi, revêtu du caractere ſacré de Prêtre ; qui par une conduite irreprochable, par des mœurs douces & pures, par ſa piété profonde & ſon exactitude ſcrupuleuſe à remplir ſes devoirs, a été juſqu'ici l'exemple du ſacerdoce, & l'édification de ſes ſemblables ; qu'un ſaint perſonnage tel que Monſieur l'Abbé de la Porte eût abuſé de la ſupériorité de ſes talens, & de la légereté de ſa plume pour m'accabler ſous les traits odieux de la ſatire la plus indécente & la plus amere, à propos de quelques vices que j'ai pris la liberté de fronder. Je ne ſaurois m'empêcher de déclarer à la honte d'un homme, ſi reſpectable d'ailleurs, que ſon procédé n'eſt point du tout celui d'un Chrétien ; & que ſi ſa réputation n'étoit pas à l'épreuve & au nombre de celles que rien ne ſauroit entamer, on ne pourroit s'empêcher de le ſoupçonner d'être l'Apôtre de la corruption, le Don Quichote, le Paladin du libertinage & de la débauche.

Au reſte, on ſait que les mortels les plus accomplis ſont obligés de payer le tribut à l'humanité par quelque acte de foibleſſe. Le ſage Ariſtide, reconnu chez les Grecs pour le plus juſte des hommes, fut injuſte à l'égard de Thémiſtocle : mais Thémiſtocle étoit un grand homme ; & je ne ſuis rien. Quel eſt donc le motif qui anime contre moi un auſſi grand homme que M. l'Abbé de la Porte ? Je ne le conçois pas.

Il dit que je ſuis de ces gens qui prennent tout en mauvaiſe part, & voyent tout avec de mauvais yeux. Qu'y faire ? C'eſt le défaut ordinaire de ceux qui connoiſſent le monde. Monſieur l'Abbé de la Porte qui ne l'a point pratiqué autant que Martin* & moi, croit, comme le bon Philoſophe Pangloſſ **, que tout eſt au mieux dans cette Capitale du meilleur des Mondes poſſibles. Voilà ce qui fait que nous voyons & penſons tout deux ſi differemment. Il n'eſt pas étonnant qu'un homme auſſi peu répandu que lui, éloigné des embarras du ſiécle, & livré

* Perſonnage du Roman de Candide.

** Autre Perſonnage du même Roman.

aux ſeuls devoirs de ſon état, n'ait pas une connoiſſance bien exacte des hommes : il eſt tout ſimple qu'étant doué du plus charmant caractere & de la plus belle ame qui ſoit ſortie des mains du Créateur, M. l'Abbé ait d'autrui l'opinion qu'il a de lui-même. Si cette ignorance ne fait pas honneur à ſon eſprit, elle en fait du moins beaucoup à ſon cœur. C'eſt peut-être au zéle ardent, au tendre amour dont il eſt embraſé pour le prochain, que je dois les atrocités qu'il m'a dites. Quoi qu'il en ſoit, je les lui pardonne, perſuadé de la droiture de ſes intentions.

Tâchons cependant de répondre à ſes reproches, & engageons-le, s'il ſe peut, à mieux penſer de nous. L'eſtime de M. l'Abbé de la Porte doit être d'un prix ineſtimable pour quiconque recherche celle des honnêtes gens.

Parmi les épithetes qu'il me prodigue, celles d'un atrabilaire, d'un homme qui dans les accès d'une noire mélancolie, ſe livre à toutes les ſaillies de ſa mauvaiſe humeur ; d'un furieux, d'un ſauvage, ne me ſont pas épargnées : & toutes ces épithetes ſe trouvent compriſes dans le ſeul mot de Miſanthrope.

A l'idée odieuſe que l'on a attachée à ce mot, qui ne croiroit pas que le Miſanthrope eſt un monſtre de nature ? Perſonne pourtant n'ignore que le Timon des Atheniens ne ſe vit précipité du comble de l'opulence dans la plus affreuſe miſere, que pour avoir été trop bon & trop généreux : que l'ingratitude de ſes proches & de ſes amis, fut le ſalaire de ſa magnificence & de ſes bienfaits. On ſait auſſi que convaincu de la dépravation du cœur des humains & dégoûté de leur commerce, il les abandonna. Chacun ſait enfin, que leur malignité le pourſuivit juſques dans ſon déſert, qu'on lui fit un crime d'être honnête homme ; & que l'envie eut l'art de le rendre auſſi mépriſable que s'il eût été chargé de tous les vices de l'humanité.

Tel fut le premier Miſanthrope. Tel eſt encore à préſent celui qui ne ſe conduit que par la droite raiſon & l'équité, & pratique les vertus à la lettre. Tel eſt celui qui fuyant les manœuvres obliques, ne ſe permet rien dont ſon honneur & ſa délicateſſe puiſſent ſouffrir ; qui ne voudroit pas de la plus brillante fortune, de la plus heureuſe condition, ſi elle lui coûtoit la moindre baſſeſſe ; qui ſatisfait de ſon état, laiſſe aux lâches adulateurs le triſte avantage de ramper honteuſement à la ſuite des Grands. Tel eſt, dis-je, celui qui a en exécration les cœurs doubles & faux ; les traîtres habitués à déchirer par les plus ſanglantes ſatires, ceux qu'ils fréquentent tous les jours.

Voilà, ſi je ne me trompe, le Miſanthrope. Un homme fait ainſi, eſt digne de la plus grande vénération : ſi j'étois aſſez heureux pour lui reſſembler, je ſerois bien vengé des ſarcaſmes de M. l'Abbé de la Porte.

Avant d'eſſayer de répondre aux articles qu'il releve d'une façon ſi dure, j'avertis le lecteur que je proteſte contre les applications odieuſes dont la malice de mes ennemis pourroit m'accuſer. Nous ſommes tous paîtris d'un limon ſi corrompu, qu'il n'eſt pas poſſible de peindre les vices ſans faire le portrait d'une infinité de gens. L'avarice, la mauvaiſe foi, la prodigalité, l'orgueil ne conviennent pas plus à une perſonne ſeule qu'à cent mille. Si les Auteurs étoient reſponſables des reſſemblances qui ſe trouvent dans leurs écrits, nos plus ſages Moraliſtes paſſeroient pour des calomniateurs inſignes.

Quoiqu'en général j'aye décrié les Comédiens, je ſuis bien éloigné de croire qu'il n'y en ait point de fort eſtimables parmi eux. J'en connois pluſieurs dont la probité, l'eſprit & les talents ſont oublier ce que leur état a d'abject & de mépriſable. Auſſi, je penſe qu'on ne ſauroit mieux prouver le cas particulier qu'on en fait, que de regretter de les voir ſi déplacés.

A l'égard des Comédiennes, ſi leur amour propre n'aſpiroit qu'aux éloges attachés au grand art de repréſenter parfaitement les paſſions, d'exciter dans l'ame du ſpectateur toutes ſortes de mouvements, de remuer les cœurs comme il leur plaît ; je m'empreſſerois de mêler ma voix aux acclamations générales : & je me ferois honneur de leur rendre la justice que tout homme impartial doit au vrai mérite. Mais de prétendre que je leur témoigne les attentions & le respect qui ne sont dus qu'aux honnêtes femmes, que je les regarde comme des Vestales ; je ne me sens point capable de faire cet outrage à la vertu ; & je me croirois cent fois plus méprisable qu'elles, si j'avois la foiblesse de commettre une telle lâcheté. La continence n'est pas plus faite pour les coulisses que pour les cellules du couvent de Madame Hequet *. Si par miracle il ſe trouvoit une Comédienne qui fût ſage, elle le feroit gratuitement: perſonne n'en croiroit rien.

Revenons à M. l'Abbé de la Porte. C'eſt une fauſſeté, à ſon avis, qu'il y ait dans Paris deux cents coupe-gorges, où l'eſpoir du gain raſſemble les filoux & les dupes.

Comme il eſt la bonté, l'innocence & la ſimplicité même, il ne peut concevoir qu'il y ait au monde de plus mal-honnêtes gens que lui. Le louable attache-

* Célébre Appareilleuſe.

ment qu'il a pour les Magiſtrats qui veillent au bon ordre, lui a fait croire que je m'ingérois de blâmer leur adminiſtration, parce que j'ai dit que la Police connoît tous les mauvais ſujets, & ne ſemble pas les connoître. C'eſt comme ſi je blâmois les Chymiſtes & les Medecins de ſavoir employer à notre avantage les plus ſubtils poiſons. Cette comparaiſon n'étoit pas bien difficile à faire.

M. L'Abbé ne me rend pas plus de juſtice, lorſqu'il m'accuſe de trancher du Légiſlateur. Comment un homme qui ſait la valeur des termes, peut-il m'appeller ainſi ? Moi ! Légiſlateur ! eh ! quels ſont mes droits pour m'arroger un tel titre ?

Un Légiſlateur eſt un Deſpote abſolu, qui ſait par la ſupériorité de ſes lumieres, par les reſſources de ſon génie, par ſa fermeté & ſon courage, ſe faire obéir d'une maniere peremptoire ; qui pour aſſurer ſon autorité, employe ſelon que les circonſtances l'exigent, la parole & le glaive ; qui fait marcher devant lui d'un pas égal la terreur & la perſuaſion.

Tel fut ce fameux Hebreu, qui affranchit le Peuple de Dieu de la tyrannie des Rois d'Egypte, & exerça ſur ſes freres pendant quarante ans un pouvoir ſans bornes.

Tel l'illuſtre Mahomet, qui plus révéré par la force de ſon bras, que par celle de la conviction, trouva le ſecret de donner des loix à tout l'Orient, & de perpétuer ſon nom dans la mémoire des hommes. Ce ſont-là des Légiſlateurs. Qu'ai-je de commun avec eux?

M. l'Abbé de la Porte n'eſt pas mieux fondé à me

reprocher de vouloir faire de Paris un Couvent. Ce n'eſt pas que je me défendiſſe d'avoir conçu un ſemblable projet, ſi le Ciel m'avoit fait la faveur de me l'inſpirer. Mais je dois à la Vérité ce témoignage, que jamais cette pieuſe idée ne m'eſt venue dans l'eſprit. J'ai même crû que nous avions aſſez de ces ſaintes Maiſons, ſans ſouhaiter que nous en euſſions davantage. D'ailleurs, ſi M. l'Abbé avoit voyagé, il ſauroit que dans preſque toutes les Capitales * de l'Europe, les Caf-

* Il faut en excepter Londres.

fés ſont en très-petit nombre, & fort peu fréquentés ; que les promenades publiques, quand il y en a, ſont preſque toujours déſertes : il ſauroit enfin, que les Spectacles n'y ſont que paſſagers. On vit pourtant très-agréablement dans toutes ces Villes ; on y eſt laborieux : & je puis aſſurer qu'elles ne reſſemblent nullement à des Couvents. Il y en a même qui n'en ont aucun, & ne ſentent point la néceſſité d'en avoir.

M. l'Abbé auroit eu raiſon de me ſoupçonner de vouloir faire de Paris un

Monaſtere, ſi ayant pris le ton évangélique, je m'étois aviſé de prêcher la Pénitence, le Jeûne, la Priere, la Retraite & la Vie contemplative. Mais, il me fait honneur d'une perfection, dont je ne me ſens nullement capable.

La meilleure façon de prêcher, eſt de prêcher d'exemple. C'eſt ce que je n'ai garde d'entreprendre. Je frémis au ſeul mot de Pénitence, je ne jeûne jamais qu'entre mes repas. Je prie très-ſobrement : je me promene beaucoup; & bien loin de ſonger à la vie contemplative,

templative, ma plus grande occupation eſt de ne ſonger à rien, ou de rêver à la Suiſſe.

C'eſt aux Oints du Seigneur, à ceux qui ont reçu de lui leur Miſſion, qu'il convient de s'occuper du ſalut des hommes, & de les exhorter à élever leurs yeux vers le Ciel, vers ce ſéjour où toutes peines doivent ceſſer, où les Juſtes doivent vivre éternellement dans des joyes inexprimables.

Mais, moi, chetif pécheur, Dieu me garde de porter la main à l'Encenſoir. Je me contente de faire des vœux pour la ſatisfaction & le bonheur temporel de mes Compatriotes, & ne me mêle en aucune maniere du ſoin de leurs ames. Ce n'eſt pas mon affaire.

Il y a quantité de gens qui croyent que les caffés ont corrigé de la paſſion du cabaret; c'eſt une erreur. Autrefois on alloit au cabaret, parce que c'étoit la mode de boire : aujourd'hui, l'on ne boit nulle part. Les Allemands, les Suiſſes, & les habitans du Nord, ſont auſſi ſobres que nous ſur cet article : ils le ſont peut-être davantage. Au moins, puis-je aſſurer qu'en beaucoup d'endroits, & particulierement en Ruſſie, on tient table très-peu de temps. S'il étoit vrai que les caffés euſſent dégoûté de la boiſſon, les perſonnes du premier rang, les Seigneurs, qui dans le dernier ſiécle paſſoient leur vie au cabaret, la paſſeroient maintenant au caffé : cependant, on n'y en voit jamais. Il eſt même du mauvais ton de le fréquenter ; & l'on ſait que les honnêtes-gens qui y vont, ſont d'ordinaire confondus avec de bien méprisables sujets.

Il regne dans ces sortes d'assemblées un certain esprit d'Indépendance & d'Anarchie qui corrompt insensiblement les mœurs & pervertit le caractere. Toutes les qualités aimables qui lient les hommes & font le charme de leur commerce en sont bannies. On y contracte des manieres brusques & grossieres. On s'y accoutume à disserter, chicaner & contester désagréablement sur les matieres les plus frivoles. En un mot, on apprend dans ces bruyantes cohues l'art de choquer toutes les bienſéances & de déplaire à tout le monde. Mais, comme il eſt naturel de fuir la contrainte, il n'eſt pas étonnant que l'air de liberté, & le ton cynique & républicain que l'on prend au Caffé, y raſſemblent tant d'inutiles.

De-là naiſſent l'oiſiveté & le Démon du bel eſprit trainant à leur ſuite tous les vices enſemble. Que de jeunes gens doués du plus beau naturel, ſe ſont gâtés dans ces funeſtes maiſons ! on ne peut trop recommander aux peres d'en interdire l'entrée à leurs enfans, s'ils ne veulent pas s'exposer au danger de les perdre sans retour.

Je ne saurois citer un exemple plus effrayant de la vapeur contagieuse qu'on y respire, que celui du célebre M. B.... La nature sembloit s'être épuisée en sa faveur par les qualités de l'esprit. Il avoit une imagination vive & brillante dont il savoit tempérer le feu & & les saillies, par le flegme d'une judiciaire & d'un bon sens admirables. Il écrivoit avec toute la pureté, toute l'exactitude & l'élégance possibles. Ajoutez à tant d'heureux avantages, un fonds prodigieux de connoissances, & le talent unique de parler si supérieurement de tout, qu'il paroissoit ne s'être jamais occupé que de la seule chose dont il parloit. Dans le tête à tête on étoit ravi de sa conversation : il écoutoit avec douceur & complaisance ; il disoit modestement son avis, & répondoit de la façon du monde la plus obligeante aux objections qu'on lui faisoit. Mais un tiers survenoit-il ? cet homme si doux, si tranquille une minute avant, ne se connoissoit plus. Il haussoit la voix, il crioit, il s'enflammoit : rien ne pouvoit résister à la véhémence de ses poulmons. Tout ce qui s'opposoit à lui tomboit pulvérisé sous le poids accablant de sa Logique.

M. B..... auroit pû prétendre aux premiers postes de la Magistrature, & aux emplois les plus honorables : il auroit pû se rendre utile à sa Patrie, s'il n'avoit point abusé de ses talents. Il s'anéantit avec un tas de paresseux au caffé de Procope, & y passa cinquante ans de sa vie à disputer impitoyablement, & à rompre des lances contre tous les champions de Littérature qui osoient lui offrir le cartel. Enfin, cet homme extraordinaire seroit mort à l'Hôpital, sans les secours généreux d'une amie, qui le retira chez elle.

J'en ai connu une infinité d'autres, d'un mérite bien inférieur, à la vérité, qui sont expirés sur le fumier, & dont les mânes vagabonds se morfondent aujourd'hui dans Clamart *.

* Cimétière de l'Hôtel-Dieu.

Le brutal & braillard Noï... a croupi au caffé l'eſpace de trente ans dans la plus honteuſe miſere ; & a mieux aimé s'y traîner journellement, n'ayant pas ſouvent un morceau de pain, que d'accepter une bonne Commiſſion en Province. Il y a quantité de malheureux qui y ſont du matin au ſoir, & auxquels on ne connoît pas d'autre domicile.

S'il eſt vrai que l'oiſiveté ſoit la mere de tous les vices, que ne doit-on pas redouter de ces ſortes d'endroits, où le déſœuvrement rassemble tant de fainéans. La sorte d'indépendance où l'on y vit, n'est propre qu'à faire des Factieux & de mauvais Citoyens.

Les trois quarts s'érigeant en Réformateurs, y font le procès à l'Univers. L'Administration la plus sage, le Gouvernement le plus équitable & le plus éclairé, le Thrône même n'est quelquefois pas à l'abri des traits caustiques de leur censure. Rien n'est jamais bien selon eux. C'est grand dommage que les gens qui se destinent aux affaires publiques n'aillent pas faire leur cours de Politique dans ces ſavantes écoles.

Suppoſons que le caffé ait réellement fait abandonner le cabaret, qu'y avons nous gagné? Autrefois, l'amitié & la concorde réuniſſoient nos peres au cabaret. Une honnête liberté préſidoit à leurs feſtins. La franchiſe & la ſimplicité de l'ame éclatoient ſur leurs fronts : leurs cœurs inacceſſibles aux ſollicitudes & aux embarras de la vie, ne s'ouvroient jamais qu'à la joie & aux plaiſirs. S'il leur arrivoit quelquefois de diſſerter, c'étoit toujours ſur la bonne-chere, ſur la qualité du vin & la différence des côteaux. A l'égard des affaires du Gouvernement, ils les abandonnoient aux ſoins de la Providence ; & laiſſant à la capacité du Miniſtre la peine de les démêler, ils ſe contentoient de bien boire, de bien manger, de rire & de chanter en attendant chrétiennement la diminution des impôts. Les vapeurs & les fumées bachiques leur cauſoient-elles quelqu'obſtruction dans l'entendement, ils alloient ſe coucher, ou on les y portoit, ſi l'on s'appercevoit qu'ils perdiſſent l'équilibre & le point d'appui. Tout ce qui s'étoit paſſé, tout ce qu'on avoit dit dans ces innocentes Orgies ſe perdoit dans les ombres du ſommeil.

Tels étoient nos Peres : tels ont toujours été & ſeront éternellement les bûveurs. Il n'y a pas de meilleures gens au monde. L'innocence & la candeur de l'âge d'or ; de ce ſiécle heureux où l'on ne connoiſſoit point l'art perfide des intrigues, des cabales & des complots ſe retrouvent parfaitement dans leurs mœurs.

Auſſi le vainqueur des

Gaules, l'immortel Céſar, faiſoit-il aſſez de cas des bûveurs pour n'en craindre aucune trahiſon. La ſobriété de ſes ennemis étoit la ſeule choſe qu'il redoutât. Si Brutus eût été ivrogne, il ne l'auroit jamais appréhendé.

Tout cela peut être vrai, dira-t-on, mais il n'eſt pas moins vrai que le cabaret a ſouvent cauſé bien des querelles & des malheurs ; & que depuis l'établiſſement des caffés, notre Jeuneſſe eſt infiniment plus tranquille. Et moi, je penſe que les caffés n'ont pas la moindre part à la tranquillité qui regne maintenant chez nous.

Autrefois, de vingt affaires qui se passoient dans Paris, il n'y en avoit souvent pas une que le vin eût occasionnée : on se battoit alors décidément par goût & de sang-froid. C'étoit l'esprit dominant de la Nation, ou plûtôt celui de tous les Peuples. Entendoit-on parler de quelque brave, de quelque homme de courage, fût-il au bout du Royaume, aux extrémités même de l'Europe, on prenoit la poste pour aller se couper la gorge avec lui.

On faisoit une partie de combattre, comme une partie de plaisir : & c'étoit manquer essentiellement à son ami, que de ne l'en pas inviter. La manie des combats étoit si grande qu'on avoit coutume de demander le matin, où s'est-on battu hier ? Combien de blessés ? Y a-t-il eu quelqu'un de tué ? Heureusement cette mode féroce & sanguinaire est passée, comme toutes les modes passent. Quoique le même fonds de valeur subsiste toujours, personne ne se bat aujourd'hui, à moins que l'honneur ne l'exige.

Quant aux mauvaiſes querelles, qui arrivent encore de tems en tems, elles tirent preſque toutes leur origine du caffé.

Retournons aux promenades. On trouve ridicule que j'oſe propoſer d'en interdire l'entrée les jours ouvriers. Je ne vois pas ce que cette idée a de ſi déraiſonnable. J'ai parcouru toute l'Europe : j'en ai vû toutes les Capitales; & je puis aſſurer que je n'ai pas connu de Peuple plus paſſionné pour la promenade que celui-ci. Il ſemble qu'on ait pris à tâche de flatter ſon goût, & de l'entretenir dans l'humeur de diſſipation qui le poſſéde, par les ſoins que l'on s'eſt donnés & que l'on ſe donne encore chaque jour pour lui procurer à cet égard tous les agrémens & toutes les commodités imaginables.

Les Jardins publics furent originairement deſtinés à décorer la Ville & à ſervir de délaſſement aux Citoyens après le travail. Aujourd'hui, ce ſont des lieux où la fainéantiſe, la molleſſe, la galanterie & le luxe raſſemblent & confondent toutes les conditions. Quantité de fous de tous genres y passent les trois quarts de leur vie dans une agitation & un mouvement perpetuels.

Les Nouvellistes & les Scholiastes de Gazette y citent à leurs tribunaux les Princes, les Ministres & les Généraux. Le Sanctuaire inaccessible du Conseil leur est ouvert. Tous les mysteres du Cabinet leur sont dévoilés. Rien n'échappe à leur pénétration, à la sagacité de leurs lumieres. Nos Armées sont-elles en campagne ? Ils en tracent &

dirigent la marche avec le bout de la canne. Ils dessinent le terrein où elles doivent camper, les mouvements qu'elles feront ; la position & les forces de l'ennemi ; les opérations réciproques des uns & des autres. Enfin, ils font voir clair comme le jour quels doivent être nos succès. Et si leurs prophéties se trouvent fausses, tant pis pour les évenemens ; il suffit que leurs conjectures soient selon les principes incontestables de la plus exacte politique.

Croiroit-on qu'il y a un

nombre infini de ces promeneurs végétatifs, qui oublient quelquefois de manger, & à qui les nouvelles les plus séches & les plus stériles tiennent lieu de pâture & d'aliment. Ne seroit-ce pas pour leur rappeller leurs besoins qu'on pendit un jour à l'arbre de Cracovie une botte de chardons ?

Tournons les yeux d'un autre côté. Nous verrons le luxe & la débauche, menant en triomphe, dans le plus pompeux appareil, tous les vices avec eux. Les hommes & les femmes rangés en haie , ſur pluſieurs lignes de hauteur , bordent les allées où ils paſſent. Une foule de Proſtituées y étalent ſous l'or & les pierreries dont elles ſont couvertes , les produits énormes de leur incontinence. Des ſoupirans de toutes conditions, entêtés du faux mérite & des attraits ſophiſtiqués de ces créatures , les ſuivent à l'envi , ſe diſputant le honteux avantage de ſe ruiner & de ſe diffamer avec elles.

Un eſprit de vertige & d'ivreſſe ſemble s'être emparé de ces funeſtes lieux.

La vivacité de la Jeunesse, le sens rassis de l'âge mûr, les glaces & les infirmités de la vieillesse caduque ne sont point à l'abri des impressions de l'air contagieux qu'on y respire.

S'il se trouvoit là tout-à-coup quelque Étranger qui n'eût aucune idée de nos mœurs, de bonne foi, ne nous prendront-il pas pour ce que nous sommes, pour la Nation la plus inconséquente & la plus folle. Il seroit bien étonné, sans doute, de voir un tourbillon de peuple, se pressant & se coudoyant mutuellement, aller

&

& revenir cent fois ſur la même route ; lorgner & relorgner ſans ceſſe les mêmes figures ; ſaluer à droite & à gauche, affecter des diſtractions, éclater de rire ; s'entretenir très-ſérieuſement de puérilités ; critiquer la parure des uns, & la démarche des autres ; médire, perſiffler & parler ſans s'entendre. Convenons-en, cet Étranger auroit bien lieu de s'indigner de voir que des êtres ſemblables à lui, doués de la faculté de penſer, fiſſent leur plus ſérieuſe affaire, leur principale & unique occupation d'un genre de vie si méprisable. Voilà pourtant où nous puisons le goût de bagatelle, l'esprit superficiel & faux, les ridicules & les petitesses, qui nous rendent la risée & la fable de toute la terre.

Mais, quoi, les Jardins publics ne nous suffisent pas encore. Montons sur le Rempart, nous y verrons au moins trois quarts de lieue bordés de Palais somptueux, de Terrasses superbes, de magnifiques Pavillons, de Loges de différente structure, toutes consacrées au plaisir. Nous y verrons des Caffés brillans, de jolies Tavernes, des Retraites délicieuses pour les amusemens secrets; des Farceurs, des Joueurs de gobelets, des Singes, des Perroquets, des Lions & des Nymphes de la Vallée de Barcelonnette. Nous y entendrons un mélange ravissant d'instrumens & de voix. En un mot, nous verrons ce vaste terrein orné de quantité de beaux bancs de pierre, bien entretenu, bien net, bien uni, & réguliérement arrosé pour la commodité & l'encouragement du vice.

Il faut obſerver que ces lieux céleſtes ſont ouverts à tout le monde. C'eſt-là que l'Artiſan fatigué de ſon travail, vient apprendre à s'en dégoûter pour toujours; que le Bourgeois ſourd aux cris de la nature, arrache à ſa femme & à ſes enfans dans deux heures de débauche, leur ſubſiſtance de pluſieurs mois; que les filoux, les voleurs & les aſſaſſins prennent leurs degrés dans tous genres de friponnerie & de ſcélérateſſe.

C'eſt-là que le Traitant mollement étendu dans une élégante voiture, brave la misere du Peuple, & médite, en digérant son or, de nouveaux moyens d'en amasser.

A quelques pas plus loin, sa Laïs, éclatante comme un Astre, fournit à tous les yeux des preuves incontestables de ses malversations. Cette espéce de char triomphal où elle est assise, cet attelage Barbe, & cette riche livrée, sont autant de témoins qui déposent contre lui.

Il n'est pas nécessaire, je crois, de m'étendre davantage sur l'article des promenades : on sent parfaitement qu'il n'en peut résulter que de très-fâcheux inconvenients.

Quelle est la jeune personne qui pourra soutenir sans quelque émotion intérieure, sans quelque secrete envie, la vûe enchanteresse d'un semblable spectacle ? Est-il bien propre à l'affermir dans les principes de la sagesse ? J'ai peine à le croire. La vanité & le desir de briller sont les écueils où viennent échouer l'innocence & les bonnes mœurs.

Une Demoiselle sans expérience trouve la vertu

aiſée & facile à pratiquer. Elle chérit ſes devoirs & met ſon bonheur à les remplir exactement. Mais, faites-la paroître au grand jour ; faites-lui fréquenter les promenades : bien-tôt elle ſe ſentira dans un état pénible & laborieux : la vertu lui ſemblera d'un poids inſupportable. Tous les inſtans de ſa vie ſeront déſormais conſacrés au plaiſir & à la diſſipation.

On la verra au Palais Royal, aux Thuillerles, ſur le Boulevart, aux Ténébres de Long-Champ, à St. Cloud & à la Plaine des Sablons. Mais ce n'eſt pas aſſez que de ſe trouver partout : il faut s'y préſenter d'une façon diſtinguée : on n'eſt pas douée d'une belle taille, d'une jolie figure pour rien. Se verra-t-on éclipſée par la premiere venue ? Au bout du compte, on vaut bien Célanie & mille autres de ſa ſorte. Il y a deux mois que Célanie n'avoit pas le néceſſaire. Maintenant elle a la plus belle garde-robbe, & la maiſon la mieux montée de Paris. Cela ne lui coûte qu'un peu de complaiſance. Eh ! bien, dût il en coûter davantage ; il faut faire comme Célanie.

Voilà ce que produit l'éxemple. Lise étoit née vertueuse ; elle se seroit conservée telle dans une paisible obscurité. Lise, pour son malheur a pris goût à la promenade ; & la promenade l'a perduë sans ressource. La vertu lui a paru une foiblesse, une ridiculité, & elle s'est oubliée au point de se faire honneur de son infamie.

Ce que je dis des femmes peut s'appliquer aux hommes. Les jeunes gens voyent de beaux habits ; ils veulent en avoir de ſemblables. Tout les frappe ; tout leur donne des deſirs. Le faux ſur toute choſe eſt ce qui les touche le plus. Rien ne leur paroît au-deſſus du commerce d'une fille à la mode, d'une Actrice d'Opera, ou d'une Comédienne. Mais, *non licet omnibus, &c.* Ce ſont des meubles auxquels les Millionnaires ont mis une ſi haute enchére, qu'il n'eſt pas poſſible d'y atteindre ſans répandre l'or à pleines mains. Eh ! comment faire pour en avoir ? Il faut recourir aux expédients.

On va trouver un honnête Usurier, qui, sur de bonnes assurances, sur un billet bien conditionné, prête le quart de la somme qu'on reconnoît lui devoir. On prend chez un Marchand pour quinze, vingt ou trente mille francs de marchandises qui n'en valent pas moitié, & dont le Contractant ne retire presque rien en les faisant vendre. Ces sortes de marchandises s'appellent du galon d'affaire; des dentelles, du velours d'affaire *.

* Un jeune homme acheta un jour pour quatre mille francs de biéres. Il

Il y a mille coquins à Paris qui n'ont d'autre métier que de faciliter à la Jeunesse de semblables moyens de se ruiner. Comme les Marchands ne se prêtent à ces infâmes manœuvres que dans la vûe de gagner exorbitamment, qui les condamneroit à perdre leurs marchandises, commettroit-il un acte d'iniquité ? Point de Receleurs, dit-on, point de Voleurs. Point de Juifs & de Fesse-Mathieus, point d'Emprunteurs.

n'auroit peut-être pas perdu à son marché, s'il fût survenu alors quelque maladie contagieuse.

Si le mal qui résulte des Lettres-de-change excéde la mesure du bien qu'on en retire, elles ne devroient avoir lieu, ce me semble, qu'entre les Commerçans. Qu'est-il besoin qu'un enfant de Famille, ou un Seigneur ait la commodité d'engager sa personne & de risquer à pourrir dans une prison par un tel trafic?

Il est des circonstances, il est vrai, où les Lettres-de-change sont indispensablement nécessaires. Bien d'honnêtes-gens seroient souvent dans le plus fâcheux embarras, si cette voie ne leur étoit pas ouverte. Mais, n'y auroit-il pas de moyen plus ſimple & moins riſquable pour les Parties contractantes? Si je ne me trompe, il y a en Hollande des Maiſons autoriſées par le Gouvernement, où l'on prête à tous venants ſur gages. Les effets qu'on y porte ſont eſtimés communément ce qu'ils valent, & l'on en donne environ le prix à l'Emprunteur, ſe réſervant pour les intérêts quelque choſe au-deſſus du taux fixé par la loi. Des établiſſements de cette ſorte me paroiſſent fort utiles & fort raiſonnables.

C'eſt l'aviaité & les gains énormes des Prêteurs ſur gages qui les rendent dignes de la haine & du mépris général. Sans leurs affreuſes uſurès, ils ne ſeroient pas plus répréhenſibles, que ceux qui prennent hypothéque ſur des terres & des maiſons. La différence qu'il y a de ces gages aux effets mobiliers, c'eſt qu'on ne ſauroit les emporter, ni les mettre dans la poche. A cela près, ce ſont toujours des gages. Rien n'eſt plus juſte que de prendre ſes ſûretés quand on prête : rien de plus légitime que de tirer de ſon argent un honnête intérêt : mais on ne doit pas mettre ſes Concitoyens à contribution & abuſer de leurs beſoins. Or, je crois qu'un établiſſement comme celui que je propoſe les mettroit à couvert de toute vexation. Quoi qu'il en ſoit, je ne ſuis pas aſſez verſé dans les affaires de commerce pour inſiſter là-deſſus. Je m'en rapporte aux gens plus experts en ces ſortes de matieres que moi.

Avant de quitter M. l'Abbé de la Porte, n'oublions pas de remettre ſous les yeux du Lecteur l'ingénieuſe Épigramme par laquelle il couronne ſon article. J'ai dit, en parlant des Intrus dans le Corps des Littérateurs, qu'il leur ſeroit plus avantageux d'être de bons Cordonniers que de mauvais Écrivains. A cela, M. l'Abbé réplique finement, *qu'il nous chauſſe donc, & nous laiſſe écrire.* Que je vous laiſſe écrire, Monſieur l'Abbé ? Dieu me préſerve de vous en empêcher, quand j'en aurois le pouvoir. Je ſais trop combien vous êtes précieux à la République des Lettres ; & ſes intérêts me ſont trop chers, pour qu'un pareil dessein m'entre jamais dans l'esprit. Je vous supplie, au contraire, si mes prieres peuvent atteindre jusqu'à vous, (& les amateurs des bonnes choses m'applaudiront sans doute,) je vous supplie de continuer à nous enrichir de vos laborieuses & sçavantes veilles. Quand on écrit, quand on pense, quand on analyse comme vous, on devroit écrire, penser, analyser toute la vie.

Eh ! quel mauvais Démon excita M. Freron à rompre avec un aussi grand homme que vous ? Votre plume étoit un Pérou pour lui. Depuis que vous avez fait bande à part, il n'eſt plus queſtion de ſes Feuilles. Les vôtres ſont les ſeules à la mode ; & elles ſont tellement répandues, qu'il n'y a pas de ſi petites échopes dans les Marchés publics où l'élégant Obſervateur Littéraire ne ſaute aux yeux de tout le monde. Ah! Monſieur l'Abbé, permettez-moi de le répéter, au hazard de bleſſer votre modeſtie, en vérité, vous êtes un grand homme.

A l'égard de la faveur

que vous me faites de me choiſir pour votre Cordonnier, j'en accepte très-volontiers l'emploi, & m'en trouve même fort honoré. Eh! quoi, n'a-t-on pas vû le Sauveur des humains ſe ſoumettre à de plus baſſes fonctions? N'a-t-il pas lavé les pieds à ſes Apôtres? Et moi, vil inſecte, chétif reptile, petit atôme de la Société, j'héſiterois à chauſſer un honnête Prêtre, un Oint du Seigneur! Quelle apparence! Non, Monſieur l'Abbé, ſi ce n'eſt point aſſez d'être votre Cordonnier, je vous offre mes ſervices par-dessus le marché en qualité de Maréchal ou de Palefrenier. *Transeamus.*

M. Freron, plus indulgent que son ancien Collègue, s'est contenté de me citer par Extrait, & ne m'a relevé qu'en deux endroits. Voyons s'il ne se seroit pas trompé.

Premierement, il m'accuse d'avoir manqué d'égards à la Noblesse Françoise. M. Freron me permettra de lui dire qu'il m'a jugé trop précipitamment, & que je mérite d'autant moins ce reproche, que personne n'est plus partisan que moi de la ſubordination. Et je crois l'avoir prouvé inconteſtablement en ſouhaitant qu'on réglât les états ; *& que le Gentil-homme juſqu'ici, honteuſement confondu dans la foule, pût déſormais être reconnu à quelque marque diſtinctive* : j'en ai dit autant du Magiſtrat, pour empêcher *le Courtaut de boutique de ſe prévaloir des égards dûs à la Robe.* Ainſi, comment eſt-il poſſible que je manque à ceux dont je défends avec tant de zèle les prérogatives ? Cela implique contradiction. Voici deux lignes qui ont, ſans doute, échappé à l'exactitude de M. Fréron. *Que les Grands de la Nation ayent un cortége convenable à leur rang ; rien n'est plus juste , ce sont nos Supérieurs , &c.* Assûrément, ces paroles ne sont pas équivoques. Quelqu'un qui tient un pareil langage, ne sauroit être équitablement soupçonné d'en vouloir à la Noblesse. Mais , ce qui pourroit avoir induit là-dessus M. Fréron en erreur, c'est ce petit Fragment :

Ce que l'on verra sans doute , avec surprise ; ces hommes sortis de la fange , qui frelatent de leur sang impur , ce-

lui de la haute Nobleſſe, & peuplent la France de Métis, ouvriront enfin les yeux, & abjureront leur orgueil.

Il eſt vrai, que loin d'approuver de telles méſalliances, je ne vois rien de plus bas & de plus mépriſable : j'oſe dire, même, que c'eſt ſe rendre indigne de ſon nom que de le proſtituer ainſi. Ce n'eſt pas que j'approuve la ſcrupuleuſe & ridicule délicateſſe des Allemands à cet égard. C'eſt, à mon avis, un préjugé pitoyable de prétendre qu'un Noble ne doive choiſir un Femme que dans le le Corps des Nobles. Je crois qu'une fille issuë de parents sans reproche, sage, honnête & vertueuse, peut aspirer aux Partis les plus distingués. Je crois aussi qu'un Noble, quel qu'il soit, peut faire un semblable mariage, sans mériter ni la censure, ni le blâme du Public.

Si nous ne saurions refuser nos respects & nos hommages à la Vertu, notre admiration & notre amour à la beauté, il est évident qu'une Femme belle & vertueuse est noble au centiéme degré. Mais qu'un Grand, dans la vue de s'enrichir & de faire de la dépense, épouse la fille d'un nouveau parvenu, d'un Concussionnaire, qui ne doit sa fortune immense qu'aux calamités du Peuple ; je ne crains pas de dire qu'un Grand qui s'oublie à ce point, devient le complice des iniquités de son beau-pere & le receleur infâme de l'argent qu'il a volé.

Quand un Seigneur se conduira avec la décence qui convient à son rang, quand il ne fera tort à personne & payera ses dettes, quand il ne mangera pas son bien, celui de sa femme & de ses enfans dans la crapule & l'ordure ; alors, je le reconnoîtrai pour ce qu'il est, & je lui payerai de toute mon ame le tribut d'honneur & de respect qu'un Particulier doit à son Supérieur.

Plus les hommes sont éminents par leur naissance, plus ils ont d'engagements & de devoirs à remplir. Les prérogatives & les distinctions dont ils jouissent ne leur ont pas été données gratuitement. Ils doivent s'en rendre dignes,

& ratifier par une conduite irréprochable la considération que leurs ancêtres leur ont transmise. Ils doivent savoir enfin, qu'ils n'ont droit de se glorifier du sang illustre dont ils sortent, qu'en égalant & surpassant, s'il se peut, leurs peres en vertus. Voilà, selon moi, les seuls Nobles qu'il faille avouer. Ceux qui ne sont pas faits ainsi, sont usurpateurs du nom qu'ils portent, & leurs Titres de Noblesse deviennent pour eux des titres d'infamie.

La seconde faute que M. Fréron m'impute, est que

je n'épargne perſonne. Je le prie de ſe ſouvenir qu'il me met lui-même à couvert de ce reproche par les dernieres paroles de ſon article. En voici le ſens ; car je ne les ai pas bien préſentes.

Les mal-honnêtes gens ne ſe loueront pas de l'Auteur : mais les vrais Patriotes, & les perſonnes vertueuſes applaudiront unanimement à ſes maximes. Il ſuit donc de-là que j'ai épargné quelqu'un. Et qui ? La plus reſpectable partie des hommes : *Les vrais patriotes, & les perſonnes vertueuſes.*

M. Fréron ne pouvoit

s'expliquer d'une maniere plus flatteuse à mon sujet : & quoiqu'il m'ait fait justice, il y a si peu de gens qui aiment à la faire, que je ne croirois pas mériter le témoignage qu'il m'a rendu, si je ne lui en marquois ici ma reconnoissance.

Je suis dispensé de faire les mêmes remercimens à l'Auteur du Journal Encyclopédique. On diroit qu'il s'est entendu avec Monsieur l'Abbé de la Porte pour me dire des choses désobligeantes. Auroit-il oublié qu'un bon Critique doit être impartial, exact & sidéle dans les Extraits qu'il donne d'un Ouvrage ; qu'il doit en expoſer avec équité le fort & le foible, qu'il ne lui eſt pas permis de le mutiler, & d'en eſtropier l'analyſe ; encore moins d'en dérober furtivement les beautés, pour n'en rélever que les défauts ? Auroit-il oublié, ſur-tout, qu'un Critique ſage & judicieux, doit propoſer ſon avis avec modeſtie, circonſpection & retenue, & laiſſer au Lecteur la liberté de décider, ſans prévenir par un jugement téméraire & prématuré, un arrêt qu'il n'appartient qu'au Public de prononcer ? S'il a oublié toutes ces choſes, qu'il ſe ſouvienne au moins que la politeſſe & les bons procédés ne ſont nullement incompatibles avec la profeſſion des Lettres ; & qu'il ne convient qu'à des gâcheurs de mortier, tels que le Maçon de l'Anti-Babilone, de donner pour des raiſons & de l'eſprit, des négatives & des groſſieretés.

Voici un échantillon des maximes de cet Ouvrier.

Il importe peu, dit-il, *au Gouvernement qu'un écu paſſe-*

de la poche d'un particulier dans celle d'un autre *, suivant ce principe il importera peu au Gouvernement que les Citoyens ſoient vertueux ou vicieux : que l'on pille, que l'on dérobe, que l'on eſcroque ; que tout ſoit dans la confuſion & le déſordre, pourvû que la même quantité d'eſpéces circule. Je demande ſi ce n'eſt pas rendre ſa façon de penſer ſuſpecte, & donner priſe ſur ſoi, que d'avancer de pareilles propoſitions ?

Le plat griffonnage de

* Notez qu'il s'agit ici des friponneries du jeu.

ce manœuvre me fait trop d'honneur pour songer à le réfuter. Ce n'étoit pas assez des éloges dont les honnêtes gens m'ont comblé : il manquoit à ma gloire qu'un homme de cette trempe me dît des impertinences.

Le Corps * des Femmes galantes & des Catins en titre d'office, mérite un article à part. Je ne suis pas surpris que ces Créatures ayent beaucoup de Partisans. Le goût des plaisirs,

* Corps non moins dangereux & funeste, non moins redoutable à l'Etat, que celui des Financiers, des Monopoleurs, & des Concussionnaires.

la vivacité des paſſions ne nous portent que trop à excuſer des vices que la raiſon condamne & déſavoue. Mais qu'il y ait des gens aſſez dépourvûs de jugement, aſſez imbécilles pour faire entrer ce commerce odieux dans le ſyſtême politique, & pour oſer ſoutenir que l'Etat en tire un avantage réel ; j'avoue que ſi je ne connoiſſois point Paris, & le renverſement d'idées qui y regne, j'aurois peine à le croire.

Les Femmes du monde, diſent-ils, dépenſent l'argent comme elles le gagnent. La prodigieuſe quantité qu'elles en répandent ſoutient un nombre infini de familles, & fait vivre toutes ſortes d'Ouvriers & d'Artiſtes dans l'abondance. A la bonne-heure. Mais qui ſont ces Ouvriers & ces Artiſtes ? Des Charons, des Marchandes de modes, des Metteurs-en-œuvres & des Bijoutiers. De bonne foi, ne ſont-ce pas là des gens bien précieux à l'État ? Et nos peres pour ne les avoir pas connus, & n'en avoir pas ſenti le beſoin, n'étoient-ils pas bien à plaindre ? La différence qu'il y a de ce temps-ci aux derniers ſiécles, c'eſt que nous ſacrifions le néceſſaire aux ſuperfluités & aux bagatelles; & qu'autrefois, tout ce qui n'étoit pas honnête, utile & raiſonnable étoit compté pour rien.

Alors, nos campagnes regorgeoient de monde: nos terres étoient cultivées. Le payſan heureux & tranquille, jouiſſant du fruit de ſon travail, ne craignoit pas de ſe marier; & ſes enfans loin de lui être à charge, faiſoient partie de ſes richeſſes. Enfin, il étoit conſideré. Aujourd'hui, l'Agriculture est une profession vile & abjecte : on tourmente, on vexe le Laboureur. N'a-t-il qu'une vache pour la subsistance de sa famille ? On la lui enleve. Ce n'est point assez ; on le réduit aux quatre parois de sa triste chaumine ; & ce malheureux, sans qui nous ne vivrions pas, languit, & meurt de faim, au milieu de sa femme & de ses enfants.

Qu'arrive-t-il de cette vexation ? Nos terres restent en friche, les campagnes sont désertes, & les villes se trouvent chargées de donner du pain à ceux dont les mains laborieuſes étoient faites pour leur en fournir.

Bagatelles que tout cela ! Ne diroit-on pas que la famine eſt aux quatre coins du Royaume, & que nous allons manquer de pain, parce que quelques Ruſtres ont abandonné la charrue ? Parlez-moi des Artiſtes & des bons ouvriers. Voilà les gens qu'il faut encourager, & dont on ne ſauroit trop payer l'induſtrie & les talents. Or, il eſt conſtant que cette claſſe d'hommes ſi néceſſaires à l'avantage & à la gloire de l'État, auroit peine à se soutenir, sans les secours abondants & les généreuses profusions des Femmes galantes ; il est donc clair que les Femmes galantes sont nécessaires au bien & à la gloire de l'État.

Concluons de-là que le luxe & la débauche se tiennent la main, & que la corruption & le libertinage sont nécessaires à l'État.

Mais, examinons d'où ces femmes essentielles tirent tout l'argent qu'elles répandent; & si le bien qu'elles font d'une part est une compenſation de tout le mal qu'elles occaſionnent d'ailleurs. Eſt-ce pour le profit & la gloire de l'Etat que les Catins réduiſent à l'aumône des millions de Particuliers; qu'elles mettent le trouble & la diſcorde dans les ménages, qu'elles brouillent les peres & les enfants, les maris & les femmes? Eſt-ce pour l'avantage du Public qu'elles cauſent chaque jour des banqueroutes, des vols, des querelles, des aſſaſſinats : qu'elles font paſſer dans les mains des nouveaux parvenus, le patrimoine des Nobles? Dira-t-on que des créatures qui portent le poison jusques dans les sources de la génération, qui amollissent le courage, flétrissent l'ame & le cœur des Citoyens, qui inspirent à la plûpart le goût du célibat, travaillent pour le bien de la Patrie ?

Ouvrons les yeux, & voyons nos Seigneurs courbés avant l'âge, sous le poids des infirmités ; leurs enfants maigres, livides & caducs en quittant le porte-feuille. Sont-ce là les descendans de ces Héros qui conquirent les Gaules, & furent les fondateurs de la Monarchie Françoise ?

Il n'y a tout au plus aujourd'hui que la cornette & le chapeau, la jupe & la culotte, qui diſtinguent les deux ſexes. A cela près, les hommes ſont des femmes. Il leur faut une toilette, des eaux de ſenteur, & des manchettes à trois rangs. Il leur faut dans la garde-robe de ces meubles dont les Sybarites ont ignoré l'uſage. A qui doit-on cette humiliante métamorphoſe, ſi ce n'eſt au commerce des proſtituées ?

On m'objectera, ſans doute, que les femmes publiques ſont un mal néceſſaire; *ut vitetur pejus*. On peut m'objecter encore, qu'il y en a par tout, & j'en conviendrai. La continence eſt une vertu qui paſſe les forces de la nature. Il n'eſt pas donné à tout le monde d'être chaſte; mais on peut ſe reſpecter, & reſpecter autrui en couvrant ſes foibleſſes.

Londres eſt peut-être la ville de l'Europe la plus débauchée; la ville où il y a le plus de malheureuſes qui traſiquent de leurs corps. Néanmoins on n'y fait pas comme ici ſa principale occupation du commerce des femmes. L'effervefcence & la fermentation trop active du fang excite-t-elle quelque befoin ? On entre dans la premiere taverne, & pour un *bowl de punch* * & quelques *shellings* ** on trouve moyen de rendre le calme à fes fens. Quelqu'un a-t-il une nuit à perdre ? Il peut l'employer dans le *bagnio**** moyennant une couple de guinées, tous frais faits ;

* Vafe plein d'une liqueur faite avec de l'eau-de-vie, de l'eau, du citron & du fucre.

** Piece d'argent valant à peu près vingt-deux-fols de notre monnoye.

*** Maifon privilégiée où l'on fe baigne, & *cætera*.

c'est-à-dire, le souper, le lit & la fille payés. Cela est bien commode.

Caton le censeur ne désapprouvoit pas ces sortes d'endroits, pourvu qu'on ne les hantât point trop souvent. Mais il n'eût pas approuvé qu'on dissipât aux yeux de tout le monde, des biens immenses pour faire vivre dans les délices & le faste le plus scandaleux, de méprisables créatures, la plûpart sorties de la poussiére.

Quiconque pensera comme lui, trouvera, sans doute, bien étrange, que la fille d'un crocheteur, d'un charetier ou d'un fiacre ſoit infiniment mieux logée & mieux meublée qu'une Dame du plus haut rang : que toute ſa vaiſſelle & partie de ſa batterie de cuiſine ſoient de la façon de Germain, & qu'elle ne puiſſe manger ſon potage] que dans une écuelle d'or.

On ne voit aſſurément rien de ſemblable ailleurs. S'il y a quelques Particuliers en Angleterre & dans d'autres pays, qui tiennent des filles en chambre, c'eſt du moins avec une ſorte de décence, & il eſt rare qu'ils ſacrifient leur honneur & leur fortune pour de pareilles idoles.

La conſidération où ſont les Catins aujourd'hui dans Paris, les douceurs & les avantages du métier, ont perverti & gâté preſque toutes les femmes. Les plus ſages même, entraînées par l'exemple & la mode, n'ont pû s'empêcher de mêler dans leur extérieur un vernis léger de coquetterie. Ce qui fait que la vertu & l'innocence ne ſont quelquefois pas à l'abri du ſoupçon & de la calomnie. Telle étoit ma penſée, quand j'ai

dit

dit *qu'au sacrement près il n'est pas possible d'appercevoir aucune différence entre ce qu'on appelle une honnête femme & une femme publique.* Je n'ai jamais douté qu'il n'y eût à Paris des femmes très-respectables ; & s'il est vrai, comme j'en suis persuadé, que la Vertu soit d'une pratique plus difficile où le Vice tient son empire ; il y a certainement plus de mérite à être vertueuse ici qu'en tout autre lieu. Le mauvais office qu'on a voulu me rendre auprès des Dames exigeoit de moi cette petite explication.

La ſageſſe, la modeſtie & la pudeur ſont des qualités trop eſſentiellement attachées au beau ſexe ; elles lui ſont trop naturelles, pour croire qu'il franchiſſe les loix de la bienſéance, ſans y être en quelque maniere forcé. Je ne prétends point nier abſolument que le goût des plaiſirs ne contribue pas un peu au dérangement des femmes ; mais, l'inconduite & le libertinage des hommes y a, ſans contredit, plus de part que toute autre choſe.

Si les maris payoient par un ſincere amour & une véritable estime ce qu'ils doivent à la sagesse & à la pudicité de leurs épouses ; s'ils honoroient & respectoient leur vertu ; s'ils étoient eux-mêmes vertueux, je suis très-assuré que nous verrions plus de femmes empressées à remplir leurs devoirs, que nous n'en voyons de zélées à les transgresser.

Mais de simples remontrances ne sont pas capables de produire cette heureuse révolution dans nos mœurs. Notre foiblesse est telle que nous approuvons ce qui est honnête & bon, & que nous n'avons pas le courage de le pratiquer, si la contrainte & l'autorité ne viennent à l'appui des exhortations. Il seroit donc à désirer qu'on séquestrât de la société les filles de joie, & qu'il leur fût défendu sous de rigoureuses peines de se mêler, comme elles font, indistinctement avec tout le monde; qu'on leur assignât des places particulieres aux spectacles; & qu'il ne fût permis qu'aux débauchés & aux mauvais sujets de se montrer en Public avec elles. Il conviendroit aussi que les Catins à hausse-col, les proftituées au grand collier rendissent à l'Etat une partie de leurs gains. La plûpart certainement seroient moins lézées à payer dix mille écus de capitation que de bons & respectables bourgeois ne le sont à payer une demi-pistole. On ne devroit pas souffrir sur toute chose que des créatures faites pour habiter des galetas & pour aller à pié ou en charrette, eussent équipage, & occupassent les plus belles maisons de la ville. * Leur faste im-

* Les Catins ont tellement fait hausser les loyers, qu'il n'y aura bientôt plus qu'elles & les Financiers en état de se domicilier à Paris.

poſant eſt d'un trop dangereux exemple ; car la vanité & l'envie de figurer fait plus de Catins que la chaleur du tempérammenṭ & le penchant naturel.

Une autre eſpece de malheureuſes dont Paris regorge aujourd'hui, ce ſont les meres qui corrompent l'innocence de leurs filles, & ne les élevent que dans la vue de les vendre. Si l'on punit du cheval de bois ou du fouet les coureuſes d'armée, quelle peine ne doit-on pas infliger à des ſcélérates qui deshonorent la nature par une proſtitution ſi abominable ? * Sans indiquer le genre de ſupplice qu'elles méritent, il ſuffit de dire que la ſimple flétriſſure ne ſauroit être une punition pour quiconque ſe moque de l'infamie, & met l'honneur dans la claſſe des prèjugés ridicules.

Peut-être me dira-t-on que ceux qui tentent leur avarice & flattent leur cupidité ne ſont pas moins coupables ; & que, s'il n'y avoit point d'entreteneurs, on n'auroit nulle notion de ces ſortes de trafics. Je

* Periandre, Tyran de Corinthe, faiſoit noyer les Maqueraux. A quoi eût-il condamné de pareilles femmes ?

n'en doute nullement. Aussi serois-je d'avis qu'on déclarât les entreteneurs incapables de posséder aucunes charges, ni d'exercer aucunes fonctions civiles; qu'on leur ôtât l'administration de leurs affaires, & même qu'on les enfermât aux Petites-Maisons parmi les fous. *

Moyennant une si sage précaution, on mettroit bien des familles à couvert de la

* Je ne prétends pas soumettre à la rigueur de cette loi un honnête homme qui dépense modestement quelque peu de son superflu avec une fille. Cela seroit trop dure. Il faut se prêter aux foibles de l'humanité.

miſere ; & l'on ne verroit pas tant de femmes & d'enfants réduits à la mendicité.

Les partiſans du luxe m'objecteront encore que ces renverſements de fortunes ſervent à en établir d'autres , & que cela ne ſauroit nuire à l'Etat. Mais ſi ces profonds ſpéculateurs, ces aigles dans l'art de politiquer , voyoient tout à coup livrer à la voracité d'une vile populace leur patrimoine , tiendroient-ils un pareil langage ? Je ſuis très-aſſuré que non ; & ils auroient raiſon.

Ce ſont les Particuliers

réunis en commun qui forment l'Etat. Or, il eſt évident que des Particuliers, qui par une prudente économie & une raiſonnable diſtribution de leurs facultés, peuvent ſervir la patrie, lui ſont plus précieux que des faquins faits pour traîner leur infamie dans la pouſſiere & l'ordure. Il n'eſt donc pas indifférent à l'Etat que le bien de Pierre paſſe dans les mains de Paul ainſi que des rêveurs à ſyſtême le prétendent.

C'eſt la jouiſſance ſolide & ſûre, fixe & permanente de ce que chacun poſſede qui fait la force & la richeſſe de l'Etat. La ſubverſion des fortunes fait ſa foibleſſe & ſa pauvreté. Je dis plus, elle eſt un préſage infaillible de ſa décadence. Il importe donc à tout gouvernement, quel qu'il ſoit, que les Particuliers jouiſſent paiſiblement & ſolidement de ce qui leur appartient, puiſque le bonheur de l'Etat eſt inſéparable de celui des ſujets.* Mais, cette heureuſe harmonie, cet accord ſi déſirable ne ſe ver-

* Notez que les fortunes paſſageres & mal acquiſes ne ſauroient faire de véritables Patriotes.

ront jamais, tant que le luxe dominera. Je ne ſache pas, je le répete, d'autre expédient pour l'abbattre, que de fixer & regler les états.

Eh! que deviendront nos Arts & nos Manufactures avec une pareille réforme? Voulez-vous anéantir le commerce? Dieu m'en garde. S'il n'y avoit pas de correſpondance entre les Nations; il conviendroit d'en établir une. L'Univers n'eſt qu'une famille, & les hommes ſont tous freres. Qu'ils ſe communiquent les choſes eſſentielles à la vie; qu'ils trafiquent & faſſent des échanges de ce qui leur est indispensablement nécessaire, de ce qui est de consommation habituelle; qu'ils s'appliquent aux Arts utiles & tâchent de les porter à leur perfection : rien n'est plus louable, & l'on ne sauroit trop les y encourager.

A l'égard des Arts de pur agrément, l'expérience nous a suffisamment convaincus qu'ils sont cent fois plus funestes & plus contraires qu'avantageux au bien des hommes. C'est une vérité si constante, qu'on perdroit ſon temps à vouloir la démontrer. *

Je ne nie pas que nos magnifiques & frivoles inventions ne nous ayent apporté beaucoup d'argent ; mais cette opulence paſſagere n'ayant ſervi qu'à multiplier nos beſoins, nous avons dépenſé par faſte & par orgueil infiniment au-delà de nos profits : & nous nous trouvons maintenant, au milieu de l'abondance, plus pauvres que jamais.

Je ne ſaurois ſonger à la

* Je ſuis bien éloigné de mettre au rang des Arts inutiles, les Arts libéraux. Les peuples policés ſe ſont toujours fait honneur de les cultiver.

découverte du nouveau monde, & à nos Colonies, ſans regretter l'âge heureux où vivoient nos ancêtres. Ils ne ſe ſoucioient pas de traverſer la vaſte étendue des mers pour tenter fortune. Ils avoient en eux des moyens bien plus ſimples de s'enrichir : c'étoit par la frugalité, par une diligente application à leurs affaires, par des ſoins aſſidus & une ſage économie, qu'ils groſſiſſoient leurs fonds & leurs capitaux. *Parcimonia magnum eſt vectigal.* C'eſt de la bonne conduite que naît l'aiſance. Un diſſipateur épuiſeroit les Mines du Potoſi.

Il ſemble que le ſang des malheureux qu'on a égorgés en Amérique, ait réjailli ſur toute l'Europe, & que nous participions tous à la malédiction, dont les Furies vengereſſes des forfaits, ont chargé ceux qui commirent de ſi cruels aſſaſſinats.

Depuis ce maſſacre horrible, les Indes ont été pour les Europeans une pomme de diſcorde, un germe de diviſions & de débats, une ſource éternelle de querelles & de guerres.

Ne fixons pas à des temps plus éloignés l'origine de nos calamités. Cette fatale découverte en est l'époque. Les richesses de l'Inde ont soufflé sur notre continent un esprit de vertige, qui a tout mis dans la confusion & le désordre. En effet, quelle vie mene-t-on à présent ? Quelles sont nos mœurs en comparaison de celles qu'on pratiquoit il n'y a pas deux siecles ? Opposons à notre fastueux orgueil & à nos excessives dépenses, la simplicité, la vie uniforme de nos ayeux, & jugeons-nous.

Une maison qui suffisoit

autrefois à un Chancelier de France est maintenant à peine logeable pour un artisan. Les plus petits bourgeois sont plus commodément meublés & de meilleur goût, que ne l'étoient jadis les Pairs du Royaume, & les moindres traitants occupent actuellement des Palais, dont les plus grands Monarques de l'Asie feroient leurs délices.

Autrefois d'un bout à l'autre de l'année, on étoit vêtu à peu près de la même façon, présentement il faut avoir des habits de chaque saison. Un Prince vient-il à mourir ? Tous indistinctement prennent aussitôt le deuil : chacun, jusqu'au plus mince personnage, veut être de ses parents.

Il n'y a pas encore bien long-temps que les Magistrats alloient au Palais à pied ou sur des mules; à présent ils viennent nous juger dans des chars de triomphe. On voyoit aussi les précurseurs de la Mort gravement affourchés sur de modestes & mélancoliques montures aller sans cérémonie expédier à leurs malades des passe-ports pour l'autre Monde; aujourd'hui, ce sont des poupins ſemillants, épanouis, qui fendent le pavé dans des voitures à la mode, & vont auſſi gaiment tuer leurs patients, que s'ils alloient en bonne fortune. Les Jurés de S. Côme qui tiroient leur plus grande ſubſiſtance de la barbe & de la ſaignée, ont maintenant la plûpart équipages, grace au fruit empoiſonné dont les Argonautes du 15 ſiécle nous ont infectés. Enfin il n'eſt pas une ſi petite condition où ce faſte choquant ne ſe ſoit introduit.

Nous n'avions pas encore aſſez de caroſſes : on y a ſupplée par la damnable invention des Cabriolets. Je dis damnable, parce qu'il semble qu'on les ait inventés pour la désolation & le tourment de la pauvre infanterie.

S'il n'étoit permis qu'à nos Seigneurs de s'en servir, ce ne seroit que demi-mal : nous leur sommes subordonnés ; c'est à nous de prendre patience : mais que des gredins, des ouvriers, & des commis de la Valée de misere, s'arrogent le privilege d'écraser, de broyer, de pulvériser les citoyens, j'avoue qu'on n'y tient pas :

& je doute que Job lui-même eût pû voir de sang froid des abus si révoltans. Ce qu'il y a de plus cruel, c'est qu'on a ces maudites carioles sur le corps avant de les entendre, ni de pouvoir s'en garantir. *

J'ai souvent souhaité que quelqu'un de nos importants de Cour, s'y rompît une seule petite fois le cou. Voici ma raison. Il est sans exemple qu'on ait jamais eu la pensée de mettre des garde-foux au bord des fondrieres & des précipices,

* Nombre de personnes ont péri sous ces extravagantes voitures.

tant qu'il n'y a eu que de pauvres diables qui s'y sont laissé tomber ; mais que le malheur arrive à un homme de distinction ; tout aussitôt on prend des mesures nécessaires afin qu'un semblable accident n'arrive plus. Le lecteur observera que c'est toujours la cause du Public que je plaide : *expedit unum pro populo mori.* Le bien général ne sauroit être trop chérement acheté.

Pauvres fantassins ! quand marcherez-vous paisiblement dans les rues, sans risquer d'être moulus & foulés aux piés de l'orgueilleuse cavalerie ? Quand cesserat-on de compter pour rien les gens utiles ? Je passois un jour au carrefour de Bussi. Il y avoit un concours prodigieux de carosses. Un pauvre jardinier qui conduisoit un âne chargé des fruits de son travail, se trouve par hazard engagé dans la foule. Il pique sa tardive bête & fait ce qu'il peut pour se dépêtrer & sortir de ce cahos infernal ; mais il tarde trop au gré de la soldatesque. On lui donne vingt bourades : on culbute son ane ; & toute sa denrée dont il destinoit le profit au soulagement

lagement de ſa famille, eſt en un clin d'œil éparpillée & ſemée dans le ruiſſeau. Eh! quel crime ce malheureux avoit-il commis pour mériter un traitement ſi barbare ? Il avoit interrompu une file d'équipages remplis de fous & de folles, qui alloient à la premiere repréſentation des plates rêveries d'un cerveau gâté.

Plût à Dieu que les perſonnes en place fuſſent obligées d'aller quelquefois à pied! elles verroient ſans doute bien des abus à réformer. Quel plaiſir n'aurois-je pas ſurtout de les voir patrouiller & barboter après une averſe dans des ruës pleines de fumier. * Je ſuis très-aſſuré qu'elles n'approuveroient nullement qu'on incommodât cinq ou ſix cents mille ames pour la commodité d'un Particulier, qui peut-être dix ans auparavant couchoit avec la Fleur & Champagne au grenier ; que pour une femme d'affaires en couche ou

* Il eſt du bel uſage aujourd'hui, quand on eſt malade, ou quand on croit l'être, de faire jetter devant ſa porte & celle de ſes voiſins, pluſieurs charretées de fumier ; ce qui fait un gachis épouvantable, pour peu qu'il ait plu.

qui a la migraine, on fît de tout un quartier une espece de marre ; & que les piétons se trainassent dans l'ordure au risque souvent d'être roüés, faute d'entendre ni de voir les voitures, principalement pendant la nuit.

Je me flatte d'avoir démontré dans la premiere Partie de cet ouvrage, que l'extrême quantité de Provinciaux dont Paris regorge, épuise le Royaume. Je crois aussi avoir indiqué les moyens de remédier à un pareil désordre ; mais comme on pourroit y rencontrer des difficultés, tâchons d'en propoſer de plus praticables.

Il conviendroit, ce me ſemble, que tous les Gouverneurs, Lieutenants Généraux de Provinces & Commandans de Places ſe tinſſent chacun dans les lieux qui leur ſont confiés. Bien entendu que cette loi fut commune à tous ceux qui occupent des poſtes inférieurs. Il ſeroit bon encore que les Colonels ſuiviſſent leurs régiments dans les garniſons, vécuſſent avec eux, & ne puſſent s'en abſenter que par ſémeſtre comme les autres officiers.

On ſent aiſément le bien qui réſulteroit d'un reglement ſi ſage. Ce qu'il y a de ſûr, c'eſt que la diſcipline & le bon ordre ſeroient mieux obſervés qu'ils ne le ſont. Paſſons aux gens d'affaires.

Il faudroit que ceux qui ont des charges ou des commiſſions annexées aux Provinces, fuſſent obligés d'y réſider. Tels ſont les Receveurs Généraux des Finances, les Grands-Maîtres des Eaux & Forêts, les Fermiers Généraux, &c. Si chacun de ces Meſſieurs reſtoit dans ſon Département ou ſa Généralité, les Provinces ne tarderoient pas à reprendre leur ancien éclat, non ſeulement du côté de la population, (car les gens riches trainent toujours beaucoup de monde à leur ſuite,) mais du côté de la fortune, puiſque les dépenſes énormes qu'ils font dans la Capitale tourneroient au profit des cantons où chacun d'eux réſideroit. Ils y bâtiroient comme ils font ici : ils y auroient des maiſons de plaiſance & des terres ; leurs enfants s'y établiroient ; & l'on ne regarderoit plus Paris comme la ville par excellence, & la ſeule qui fût habitable.

Il conviendroit enfin que tous les Bénéficiers quelconques, Abbés commendataires, gros Décimateurs, Doyens & Prieurs fussent tenus de vivre à l'ombre de leurs clochers dans une sainte & paisible oisiveté, sous peine de confiscation des deux tiers de leurs revenus pour être employés au soulagement des malheureux.

Ce seroit, je pense, faire injure aux Prélats, que de vouloir les assujettir à une pareille loi. On doit présumer que ce n'est pas sans répugnance qu'ils perdent quelquefois de vûë les troupeaux confiés à leurs ſoins; & que ſemblables à la colombe fidéle qui ne ceſſe de gémir en l'abſence de ſa compagne, ils ne ceſſent d'aſpirer au moment de ſe réunir à leurs ouailles, quand des affaires indiſpenſables les ont forcés de s'en éloigner. Quelle apparence en effet, que des perſonnages revêtus du plus auguſte & du plus ſacré caractére, vinſſent diſſiper dans les plaiſirs & les frivoles amuſements du ſiécle, un bien dont ils ne ſont que les adminiſtrateurs & les économes! Croyons que s'ils entament le patrimoine des pauvres, & s'éloignent de la ſimplicité des Apôtres, c'eſt pour s'accommoder à la foibleſſe des Chrétiens d'aujourd'hui, dont la foi chancelante, & le zéle expirant ont beſoin d'être ranimés par un exterieur qui leur en impoſe.

J'eſpere que ce court expoſé de mes ſentiments à l'égard du haut Clergé, me juſtifiera des reproches que l'on m'a faits d'avoir manqué au Sacerdoce. Pouvois-je lui donner une plus grande preuve de ma profonde vénération, qu'en me déclarant contre ceux qui trahiſſent un état ſi reſpectable, & particulierement contre cette multitude mépriſable de faux Eccléſiaſtiques, dont la race bâtarde s'eſt accrue à un tel point, que l'on ne voit preſque plus que rabats & petits manteaux.

Si la toute-puiſſance de Dieu ne ſe manifeſtoit pas continuellement en faveur du Chriſtianiſme, & ne veilloit pas à ſa ſureté, quelle atteinte mortelle les pernicieux exemples de ces gens-là ne lui porteroient-ils point? N'eſt-il pas affreux qu'un tas de fainéants paîtris de vices ayent l'effronterie de se montrer sous un habit si saint ; & qu'avec quatre doigts de batiste au menton & deux aulnes de voile sur le dos, le premier garnement s'impatronise dans les meilleures maisons, tienne le haut bout à la table des Grands, paroisse publiquement en carosse avec les Dames, les accompagne à la promenade & aux spectacles ; qu'un faquin en un mot qui n'a rien de recommandable que son déguisement & un grand fonds d'orgueil, donne le ton dans un cercle, & rompe en visiere à tout le monde? Voilà pourtant ce que l'on voit tous les jours. Dites quelque chose de sensé, de raisonnable; d'abord Monsieur l'Abbé vous ferme la bouche par une espece de démenti aussi sec que laconique. Osez-vous répliquer? Trois ou quatre Caillettes prennent la parole, & vous disent que M. l'Abbé doit savoir cela. Car il n'est pas permis d'ignorer la moindre chose sous cette vénérable envelorpe.

Je ne me lasse pas de le répéter. On devroit punir

avec rigueur ceux qui ont l'audace de se travestir ainsi. Quant aux simples tonsurés, qui ne valent guéres mieux, le moyen infaillible d'en diminuer le nombre, seroit de ne conférer désormais de bénéfices qu'aux personnes engagées absolument & irrévocablement dans les Ordres. Il n'est pas juste, il est même indécent que des guêpes & des frélons se substantent & s'engraissent de la nourriture des abeilles.

Encore un petit mot touchant les Militaires. On m'accuse de les avoir maltraités. C'est une chicane que l'on me fait gratuitement. Je ſais trop combien la profeſſion des armes eſt recommandable & noble ; combien elle eſt utile, pour manquer aux égard dûs à ceux qui l'exercent. J'ai dit, il eſt vrai, qu'on *voit autant de croix que de calottes & de petits colèts.* Mais je ſuis bien sûr que ſi quelques-uns s'en trouvent offenſés, ce ne ſont pas les Officiers au-deſſus de cette diſtinction par leur mérite perſonnel. Peu leur importe qu'il y ait des croix ou qu'il n'y en ait pas. D'ailleurs il eſt aiſé de comprendre que je ne m'adreſſe qu'à ceux qui ſans avoir affaire ici, & ſans y être attachés par aucun emploi, s'abatardiſent dans une obſcure oiſiveté, & n'oublient que trop ſouvent ce qu'ils doivent à leur état.

Tous ces, Meſſieurs, je penſe, ſeroient mieux en Province, où ils vivroient plus honorablement & à meilleur compte. On entendroit beaucoup moins de gens murmurer & ſe plaindre des mauvais traitemens de la Cour, & lui reprocher le ſang qu'ils prétendent avoir répandu pour la Patrie, quoique d'ordinaire ce ne ſont pas ceux qui crient le plus haut, qui ont le plus mérité par leurs ſervices. Au reſte, c'eſt un uſage reçu de dire que l'on a mangé ſon bien à l'armée, quand on l'a mangé au jeu, avec les femmes & à faire bonne chére.

Je ſais qu'il n'eſt pas fort commun d'amaſſer de grandes richeſſes au métier de la guerre dans les emplois ſubalternes; mais je ſais auſſi qu'avec de la conduite & de l'économie, généralement parlant, on ne s'y ruine point. Je ſais même que la plûpart des Officiers de fortune ſe retirent à leur aiſe, eu égard au chétif état où ils étoient lorſqu'ils ſont entrés au ſervice. On ne doit donc pas être ſurpris que le gouvernement laiſſe déclamer les Officiers, & n'y faſſe nulle attention. Encore un coup, que ceux qui ne ſauroient vivre honnêtement à Paris, aillent vivre ailleurs.

Et vous, Monſieur le Réformateur, me dira-t-on, que faites-vous ici ? Rien. Exactement rien. Que l'on chaſſe tous les inutiles, & l'on me verra ſur le champ le bâton blanc à la main, le havre-ſac au cou, gagner la tête des fainéantes Phalanges. Le ſeul regret que j'emporterai ſera celui d'avoir négligé de ſervir ma Patrie quand j'étois en âge de le faire. Hélas ! que n'ai-je jetté ma gourme de meilleure heure ! Mais qu'il eſt rare de la jetter dans ce pays-ci ! On y eſt encore adulte à quatre-vingts ans ; & pour tout dire enfin, on n'y mûrit preſque jamais.

JE ne présume pas assez de l'efficacité de mes remontrances, pour me flatter qu'elles occasionnent un grand changement dans nos mœurs. De tels miracles ne se voyent gueres, & ne sont pas l'affaire d'un jour. Il ne faut qu'un instant pour produire cent abus : il faut souvent un siecle pour en détruire un. Mais quand dans le cours d'un siecle, on ne contribueroit que foiblement au bien de la société, ce ne seroit pas une raison de lui refuser ſes peines & ſes ſoins. Les bons avis ſont toujours bons ; ils fructifient en leur temps. Si cependant les miens ſont ſtériles, & ne répondent pas à mes intentions, au pis aller ; j'aurai fait comme les malades qui charment leurs douleurs en criant bien fort : je me ſerai ſoulagé.

FIN.

Fautes à corriger.

Page 48, *ligne* 12, *lisez* prendroit.

Page Ibid. *ligne* 15, *mettez un* ?

Page 102, *ligne* 4, *lisez* font.

www.ingramcontent.com/pod-product-compliance
Ingram Content Group UK Ltd.
Pitfield, Milton Keynes, MK11 3LW, UK
UKHW021040230726
13926UKWH00004B/1585

9 782016 114803